KB151154

이 책의 그림을 그리고 글을 쓴 이미경 작가는
손끝 여문 외할머니의 솜씨를 이어받아 어려서부터 만들고 그리는 걸
즐겼고 자라서는 홍익대학교 미술대학에서 서양화를 전공했습니다.
둘째 아이를 갖고 퇴촌으로 이사해 산책을 다니다가
퇴촌 관음리 구멍가게에 마음을 빼앗긴 후 20여 년 동안 전국 곳곳을
직접 찾아 다니며 수백 점의 구멍가게 작품을 그려 사람들에게
위로와 공감, 그리고 감동을 전했습니다.
사라져가는 것들을 향한 안타까움으로
오늘도 작은 골목들을 누비며 구멍가게의 모습과 이야기를
정교한 펜화로 그려내고 있습니다. www.leemk.com

일러두기

책 속 그림은 이미경 작가가 1998년부터 20년 가까이 그려 온 그림 중 일부를
골라 엮은 것으로, 작품 하단 캡션은 작품명, 작품 크기, 작업 연도 순서입니다.
작품은 모두 종이에 아크릴 잉크와 펜으로 작업했습니다.

동전 하나로도 행복했던
구멍가게의 날들

그림과 글 이미경

남해의봄날 ◉

목 차

즐거운 기억이
구멍가게에 숨어 있다

구멍가게에 이끌려
길을 나섰다

작업은 생활이고
일상의 한 부분이다

오래된 길 위에서

에필로그

기억 속 구멍가게로 가는 길

구멍가게를 그려온 지 20년이 되어간다. 언제 이렇게 지나왔을까?
문득 낯선 시간에 서 있는 듯하다. 1997년 '퇴촌 관음리 가게'와의
강렬한 인연을 시작으로 쉼 없이 구멍가게를 찾아 다녔고 그려 왔다.
목적지도 없었다. 시간이 허락하는 한 발길 닿는 대로 틈만 나면 길을
나섰다. 전국 곳곳 안 가본 곳이 거의 없다. 세월이란 말이 피부로
느껴질 만큼 20년 사이 많은 것들이 부서지고 바뀌고 새로 들어섰다.
지난봄 8년 전에 다녔던 길을 다시 밟아 갔다. 오래전 길 위에서 만난
가게도, 어르신도, 고목도 넓게 확장된 도로와 새로 지어진 건물들
사이에서 자취를 감추었다.

처음 구멍가게를 그릴 땐 오래되어 낡고 소소해서 볼품없어 보이는
가게가 지닌 은근한 아름다움에 마음을 빼앗겼다. 40년 넘게 한자리를
지키며 뚝심 있게 살아온 주인의 삶이 궁금했다. 그러나 차츰 시간이
흐르며 그 구멍가게들이 더 이상 대물림되지 않을 것 같아 안타까웠다.
부디 구멍가게를 지키고 있는 어르신이 오래오래 건강하시길 빌었다.

우리 곁에서 완전히 사라지기 전 기록할 수 있다면, 내 그림 속에라도
남을 수 있으면 좋겠다는 바람이었다.
어느덧 그동안 그려 온 가게와 주인 어르신 대부분이 내 그림과 기억
속에만 남아 있다. 다시 그 공간을 찾아볼 수도 없고 보았다고 다음을
기약할 수도 없기에 슬프고 안타깝다. 길 위에서 멋진 구멍가게를 만날
수 있는 행운 역시 점점 희박해졌다. 막연한 기억과 추억, 구멍가게에
대한 동경과 연민을 이제는 떠나보내야 할 때인 것 같다.

그동안 인연이 된 여러 구멍가게의 그림, 그리고 그 이야기들을
풀어놓으려 한다. 내 기억 속에 빼곡히 저장해 두었던 이야기를 나와
함께 오늘을 살아가는 이들과 나누며 공감하고 추억하고 싶다. 이제는
전설이 된 가게들을 소개하는 것은 더 늦기 전에 우리와 한 시대를
더불어 살았던 소소하고 소박한 존재들과 눈빛을 나눌 기회를 놓치지
말라는 작은 속삭임이기도 하다.
우리 주위에 늘 함께해서 낯익은 것에 눈을 돌리자. 함께한 시간만큼
마모되고 둥글어진 모서리에서 그 어떤 것으로도 바꿀 수 없는
아름다움과 가치를 발견할지도 모른다. 가만히 들여다보면 거기엔
시간의 흔적이 있고 따스함이 있다. 기억 속 한구석에 자리하고 있던
구멍가게로 가는 길, 모퉁이를 돌면 그곳에는 소박하고 정겨운
행복이 있다.

즐거운 기억이
구멍가게에 숨어 있다

해가 저물고 동네가 어두워져도
가게 앞은 전봇대 가로등 불빛으로
환하게 밝아 저녁 먹고 나온
아이들이 하나둘 모여 한바탕
놀아대는 신나는 놀이터가 됐다.
다방구, 무궁화꽃이 피었습니다,
신발 감추기 등을 하며
맘껏 뛰어놀고 머리 맞대고
달고나 해 먹던 최고의 놀이
공간이었다. 유년 시절 가장 즐거운
기억이 구멍가게에 숨어 있다.

자라는 이야기

사랑방, 방앗간, 다방, 미용실, 이발소 등 이야기가 생겨나는 장소는
많지만 그중 으뜸은 뭐니 뭐니 해도 구멍가게다. 신작로에 있는
구멍가게에는 남녀노소, 동네 사람, 외지인 할 것 없이 무수한 사람들이
오고 가고 시간이 흐르면서 이런저런 이야기가 생겨나 '그래서, 그랬대,
그러더라고' 꼬리에 꼬리를 물며 가지처럼 자란다. 때로는 부풀려진
소문에 오해와 다툼이 생기기도 한다.

이야기는 지나간 시간의 기억을 풍성하게 하고 풍성한 기억은 삶을
다채롭고 의미 있게 만든다.

봄날 수산리에서

91×72cm

2015

덕수상회
53×45cm
2014

봄날 가게

91×72cm

2016

등불 아래 밤이 좋아

남한산성 밑에는 개미마을, 거여마을이 사이좋게 자리하고 있다.
부동산을 운영하시던 아빠는 1978년에 이곳으로 이사해 액세서리
공장을 차리셨다. 주변이 온통 논밭이라 봄이면 소가 밭을 갈고
여름이면 논두렁의 개구리가 시끄럽게 울어대는 시골 같은 분위기였다.
이사했을 때는 내가 국민학교 저학년 무렵이었는데 정말 신나게
놀았던 기억이 가득하다. 쥐불놀이, 본부놀이, 고무줄, 다방구,
오징어놀이, 땅따먹기 등 놀이란 놀이는 전부 섭렵했다. 쓰레기장 옆
공터가 아이들 놀이터였다.

해가 기울면 아주머니들이 쇼트닝 철통을 들고 골목에 나와 솥을 걸고
주워 온 나무 잔가지를 태워 밥을 지었다. 1979년 2차 석유파동 때문에
연료를 아끼느라 벌어졌던 진풍경이다. 엄마는 공장 식구들 먹일
밥하시느라 하루 종일 쉴 틈이 없었다. 그나마 저녁 짓는 시간 동안
잠시 아주머니들과 이야기를 나누며 한숨을 돌리셨다. 여름날 논두렁
저편으로 지는 해를 바라보며 엄마 곁에 쪼그리고 앉아 아주머니들의
수다를 듣던 그 시간이 무척 평화롭고 따뜻했다. 석유파동으로

삼양슈퍼

57×40cm

2010

12월에_02

32×19cm

2014

폭등한 물가와 정치 혼란 속에 부모님은 하루하루 불안정한 날들의
연속이었겠지만 우리들은 걱정 없이 열심히 뛰어놀았다.
부모님이 맞벌이를 계속하셔서 세 살 터울인 남동생과 나는
어린 시절 시골에 계신 할아버지 댁에서 지내는 때가 많았다. 그러다
이 무렵에야 가족이 함께 모여 살게 되었다. 시골에서 올라온 나에게
서울의 구멍가게는 별천지였다. 달달한 불량식품 가득한 신세계였다.
아빠가 동전이라도 주시면 쪼르르 달려가 달콤한 간식 하나 사 먹고
행복해했다. 해가 저물고 동네가 어두워져도 가게 앞은 전봇대 가로등
불빛으로 환하게 밝아 저녁 먹고 나온 아이들이 하나둘 모여 한바탕
놀아대는 신나는 놀이터가 됐다. 다방구, 무궁화꽃이 피었습니다, 신발
감추기 등을 하며 맘껏 뛰어놀고 머리 맞대고 달고나 해 먹던 최고의
놀이 공간이었다. 유년 시절 가장 즐거운 기억이 구멍가게에 숨어 있다.

오토바이에 솥 하나 걸면 가족 나들이 준비 끝!

어릴 적엔 오토바이 한 대에 온 가족이 타고 개울로 고기를 잡으러
갔다. 지금 생각하면 위험천만하고 말도 안 되는 일이지만 그땐 그랬다.
아빠 앞에 남동생이 앉고 난 아빠의 허리를 꼭 끌어안고 마지막으로
내 뒤에 엄마가 탔다. 게다가 오토바이에 솥단지도 하나 동여매고
마천동에서 팔당까지 바람을 가르며 달렸다. 얼굴을 차알싹 때리고
쏜살같이 비껴가는 바람 때문에 숨이 차올랐다. 아직도 눈을 감으면
그때의 그 바람이 분다.

충북 제천 애련리, 아빠의 고향 마을 앞에는 큰 개울이 있는데
덕동계곡에서 시작된 이 물줄기는 주포천과 합쳐져 충주호로 흐른다.
아빠는 어린 시절 매일같이 그 개울에서 물고기를 잡으며 노셨단다.
그래서인지 물고기는 귀신같이 잘 잡으셨다. 한 시간 남짓 기다리면
아빠가 놓아둔 어항엔 어김없이 물고기가 가득했다. 물론 거의 어른
손가락 두 개 굵기 정도 되는 피라미였지만 가끔은 긴 수염을 단
퉁가리도 잡았다.

엄마는 불린 쌀에 물고기와 아욱을 손질해 넣고 고추장 되게 풀어

벌겋게 어죽을 끓여 주셨는데 입술이 파랗게 질릴 때까지 물놀이를 한
뒤 먹어서였는지 그 맛이 꿀맛이었다. 동생과 나는 손질한 물고기를
초고추장 찍어서 생으로 곧잘 먹었는데 고소한 것이 전어 맛과
비슷했다.
열 살 꼬마는 어느새 사십 대 중반이 되었지만, 건장했던 서른다섯
아버지의 따스한 등에서 들리던 기분 좋은 심장 소리를 나는 여전히
기억하고 있다.

바다수퍼
20×20cm
2013

모란이 필 때
80×80cm
2011

서산에서
19×33cm
2015

달고나가 그리 좋나?

시골에 다녀오며 이가 옮아왔다. 참빗으로 잡다 지친 엄마는 내 머리에
약을 뿌리고 색색의 커다란 인조 꽃 달린 하얀 수영모를 씌우셨다. 약
효과를 더하기 위해서였다. 답답하고 간지러워 찡찡대면서도 손에
동전을 쥐고 달고나 먹으러 가게에 갔다. 시골에 있는 동안 먹고 싶은
걸 가까스로 참았던 터라 수영모 쓴 채로 냉큼 달려갔다. 달고나는
아무 무늬 없는 네모난 덩어리를 녹여 먹는 것과 모양틀을 눌러 찍은
뽑기가 있는데 뽑기는 제대로 성공한 기억이 없다. 찍어 놓은 모양을
조심조심 부러뜨리지 않고 떼어 내는 게 보통 힘든 일이 아니었다.
요즘 달고나는 모두 설탕을 녹인 후 베이킹소다를 조금 넣어 부풀린
다음 철판에 붓고 모양틀로 찍어 납작하게 누른 것을 말하는데
내가 좋아하던 달고나는 주사위보다 조금 큰 흰 덩어리를 녹여 먹는
달고나였다. 연탄 두 개 들어가는 작은 난로 앞에 쪼그려 앉아 달고나
만들기에 열중하다 무릎을 데여서 여러 번 고생했지만 달고나 사랑은
멈출 수 없었다.
만드는 방법을 설명하자면 하얗고 딱딱한 달고나 덩어리를 국자에

넣고 연탄불 위에 올려 나무젓가락으로 살살 눌러서 돌리며 타지 않도록 서서히 녹인다. 다 녹았다 싶으면 젓가락으로 베이킹소다를 새끼손톱만큼 찍어 국자에 넣고 젓는다. 많이 넣으면 맛이 쓰고 적으면 제대로 부풀지 않으니 나름 경험과 기술이 필요하다. 점점 부풀어 올라 국자 한가득 빵빵해지면 완성이다. 단, 절정에 이르기 전에 연탄불에서 내려놔야 남은 열기로 타지 않고 끝까지 부풀어 오른다. 타는 순간 부피가 다시 줄어들고 맛도 써지므로 조심해야 한다. 국자의 달고나를 젓가락으로 돌돌 말아 조금씩 퍼먹는 맛은 재미나게 달달했다. 아껴 먹느라 천천히 먹다 보면 좀 굳어서 다시 연탄불에 올려 살짝 녹여 먹는다. 마지막으로 밑바닥이 보일 때쯤 달고나를 조금 남겨 두고 주전자의 물을 국자에 반쯤 부어 끓여서 꿀물을 만들어 호호 불어 마셨다.

기억을 더듬다보니 절로 신이 나서 설명이 장황해졌다. 달콤한 맛도 맛이지만 만들 때의 재미와 달고나가 부풀어 오를 때 함께 차오르던 행복감은 오랜 세월이 흐른 지금까지도 나를 미소 짓게 한다.

이현리에서

100×65cm

2013

금성상회
33×19cm
2013

외할머니의 유산

어릴 적 '그리기'는 제일 좋은 벗이자 놀이였다. 누가 "커서 뭐가 되고
싶니?" 물으면 대답은 늘 같았다. "화가요." 꿈이란 걸 갖게 된 무렵부터
나의 단골 대답이었다. 가족 중에 그림을 그리는 사람은 없지만
손재주가 좋은 분은 있다. 양장 기술이 남달랐던 어머니, 그리고 전설
같은 솜씨의 외할머니까지 거슬러 올라간다.

기억 속의 외할머니는 온통 하얀색이다. 은발을 곱게 빗어 넘겨 비녀로
쪽을 지고 하얀 무명이나 모시로 지은 한복을 즐겨 입으셨다. 내가
어릴 적에 돌아가셨기 때문에 그 모습도 꿈처럼 아련하다. 그러나 결코
잊을 수 없는 할머니의 물건이 하나 있다. 엄마의 반짇고리에는 빨간색
비단으로 꼭지를 단 사과 모양의 예쁜 실꾸리가 있었다. 외할머니가
시집가는 엄마에게 만들어 준 것이다. 무명실을 어슷하게 감아 둥근
사과 모양으로 만들었는데 어린 내 눈에도 사람 손으로 만들었다는
사실을 믿기 힘들었다.

외할머니의 실꾸리는 오랜 시간 나와 함께했다. 어떤 때는 장난감이
되었고 이가 흔들릴 때면 실꾸리에서 푼 실을 이에 걸어 뽑았으며

엄마의 보물 상자
80×80cm
2010

사랑
35×35cm
2015

나 어릴 적에
50×100cm
2016

내가 체했을 때도 엄마는 실꾸리를 찾아 손가락에 실을 감고 바늘로
손을 따 주셨다. 내가 커 갈수록 실꾸리는 점점 작아졌다. 그리고
어느새 나는 더 이상 외할머니의 실꾸리로 놀지 않는 나이가 되었다.
실꾸리는 그렇게 언제인지 모르게 자취를 감추었다.
칠남매 중 외할머니를 가장 많이 닮았다는 우리 엄마가 올해 고희를
맞으셨다. 엄마 얼굴에서는 외할머니의 모습이 보이고 나는 점점
엄마를 닮아간다.

해남에서
33×19cm
2012

세상에서 제일 부러운 슈퍼집 딸 은정이

집안 형편이 어렵다는 건 사춘기 접어드는 어린 소녀에겐 비밀이
많아진다는 것이고 그로 인해 난처한 일도 하나둘 늘어 간다는 뜻이다.
지금 생각하면 별것 아니지만 사춘기 소녀에게는 부끄럽고 감추고
싶은 일이었다. 자존심 센 내게는 더욱 그러했다. 중학교 1학년 때 같은
반이었던 친구 은정이는 그런 내가 곤란할까 봐 늘 배려해 주었다.
덕분에 학교생활이 외롭지 않았다.
은정이네는 삼각지에서 쌀집 겸 구멍가게를 했는데 집에 놀러 가면
비지땀을 흘리며 쌀을 배달하시는 은정이 아빠를 볼 수 있었다.
까까머리에 푸근하게 나온 배, 말수 적고 퉁명한 듯해도 선한 눈매와
미소로 사람들을 대하던 모습이 지금도 생생하다. 건강한 아빠의
이미지로 기억에 깊이 남아 있다. 그 무렵 우리 아빠는 몇 번의
사업 실패로 힘들어 했기에 그 당시에는 부러움과 연민의 감정이
교차했었다. 지금 돌아보면 그 시간을 힘겹게 살아내신 아빠를
좀 더 이해해 드렸으면 좋았으리라는 뒤늦은 상념에 젖는다.
오래 전 돌아가신 아빠가 문득문득 그립다.

마음슈퍼

50×50cm

2013

마당 있는 집

대문을 열고 들어가면 마당 중앙에 우물이 있고 한쪽에는 마중물을
붓고 퍼 올리는 펌프가 있었다. 요즘은 시골이라도 수도꼭지만 돌리면
양수기가 지하수를 퍼 올리지만 예전엔 작은 몸집으로 온몸에 힘을
실어 손잡이에 매달리듯 펌프질을 해야 겨우 세숫대야가 찰 만큼의
물을 받을 수 있었다.

냉장고가 없던 시절, 한여름에도 차다 못해 시린 지하수에 수박
한 덩이 담가 두었다 잘라 먹으면 그 시원함이 온몸에 퍼졌다. 커다란
빨간 고무 대야에 물을 퍼 담아 물장구를 치다 해를 등지고 물을
내뿜으면 나타나는 무지개를 보고 신기해하며 웃었다. 마당 가득 하얀
이불 홑청을 널어 두면 빨래 사이사이 얼굴을 파묻고 냄새 맡으며
좋아했다. 마당엔 분꽃, 맨드라미, 봉숭아, 샐비어 같은 화초가 있었다.
자줏빛 샐비어 꽃을 입에 물고 달콤한 꿀을 빨아먹기도 하고 갑갑함을
참아가며 열 손가락 묶어 봉숭아물을 들였다.

엄마는 고추장을 만들려고 엿기름을 달이셨는데 달달한 냄새가
진해지면 엿기름 한번 맛보려 그 곁을 기웃거렸다. 겨울이면 화단에

김장독을 묻었다. 한겨울 펌프가 얼면 뜨거운 물을 부어 녹여가며
지하수를 퍼 올렸다. 씻을 때면 솥단지에 물을 데워 썼는데 차례가
밀리면 차가운 물로 눈곱만 겨우 떼는 고양이 세수를 했다.

마당이 있는 집에서는 추억도 깊다.

봄날 가게

100×100cm

2015

원삼면에서

100×50cm

2014

사랑방 이야기

내 고향 제천 백운면 애련리는 사방이 산으로 둘러싸여 있다. 공전역에
내려서도 철길을 걷고 재를 넘어 구불구불 오솔길을 한참 돌아야 닿을
수 있는 두메산골로 대여섯 가구가 오순도순 살아가는 동네였다.
자동차가 다니기 시작했을 때도 울고 넘는다는 박달재를 지나야
백운면이 나왔고 거기서 십 리를 더 들어가야 애련리, 우리 마을에
닿을 수 있었다.
엄마는 나를 임신하고 입덧이 너무 심해 다니던 직장을 휴직하고
애련리로 내려오셨다. 군대에 갔던 아빠도 산달에는 다행히 제대를
하고 엄마 곁에 계셨다. 내가 태어난 한여름은 농사일로 모두 바쁠
때라 만삭의 엄마가 눈이 어두운 증조할머니랑 집에 남아 식구들
식사를 챙기셨다고 한다. 그날도 일찌감치 저녁 준비를 하는데 갑자기
산통이 시작되었다. 열 살이던 막내 고모를 내보내 얼른 동네 어른들을
불러오라고 했지만 다른 집도 죄다 논일하러 나가서 하는 수 없이
증조할머니와 함께 사랑방에서 나를 낳으셨다. 눈이 잘 안 보이셨던
할머니가 더듬더듬 날 만지시더니 "허허 고놈 납작이네" 하셨단다.

다행히 순산을 했지만 스물세 살 어린 나이의 엄마는 어디에서 그런
용기가 났을까? 아이 낳고 누워 있으니 해가 뉘엿뉘엿 지고 그제야
재 너머 들로 나갔던 식구들이 집에 돌아왔단다. 나는 그렇게 사랑방
납작이가 되었다.

사랑방은 원래 가부장의 공간이고 손님을 맞이하는 공간이다.
시골에서 생일 잔치나 제사가 있을 땐 인근 마을에서 손님들이 온다.
하루 종일, 어떤 때는 며칠씩 사랑방에 드는 손님이 끊이지 않았고
할머니는 몇 번이고 막걸리와 함께 상을 내가셨다. 나도 종종 할머니
치맛자락 붙들고 건넛마을 잔칫집 음식을 먹으러 가곤 했다.
예전엔 사랑방에서 누에를 길렀고, 한때는 앙고라토끼를 키워
토끼털을 깎아 팔았다. 윗목에는 천장에 닿을 만큼 커다란 광주리가
있었는데 고구마를 가득 담아 두어 이듬해 봄까지도 날마다 화롯불에
고구마를 구워 먹을 수 있었다. 기나긴 시골의 겨울밤, 무서운 이야기를
들은 날이면 군불 땐 사랑방 아랫목 솜이불 속으로 꽁꽁 숨었다.

대학교 1학년 겨울이었다. 할아버지는 서울에 있는 우리 집에서 겨울을
보내셔서 겨우내 시골집이 비어 있었다. 학교 다니느라 몇 년 동안
가 보지 못한 시골집이 문득 그리웠다. 부모님의 만류에도 불구하고
시골집 사랑방에서 두 명의 친구와 일주일을 보냈다. 친구들 모두
도시에서 나고 자라 시골 생활을 해 본 적이 없었다. 도착하자마자
얼음장 같은 사랑방 아궁이에 불을 지폈다. 쌓여 있는 장작을 가져다

정선 남면 가게

80×80cm

2012

어렵게 불씨를 붙인 뒤 불씨가 꺼지지 않게 코끝이 까매지도록 바람을
불어댔다. 겨우겨우 아궁이에 불을 땠지만 한참 비어 있던 방의 냉기는
쉽사리 물러나지 않았다.

경험도 좋지만 엄동설한에 이 무슨 사서 고생인가 싶어 친구들에게
미안했다. 화로에 숯을 담아 방 안에 들여놓고 고구마도 구워 먹었다.
겨울날 먼 길을 헤치고 와 밖에서 군불 때느라 한참 고생했던 우리는
방바닥이 따뜻해지고 배가 든든해지자 노곤해서 이내 잠이 들었다.
하지만 그날의 고생은 그것으로 끝이 아니었다. 소변이 마려워 벽을
더듬어 불을 켠 순간 사랑방에 뿌연 연기가 가득한 것이 아닌가? 큰일
났다 싶어 문을 활짝 열고 친구들을 깨웠다. 아마도 젖은 나무에 불을
붙였고, 그게 완전히 타지도 않았는데 화로에 담아 방에 들여놓는
바람에 벌어진 일일 것이다. 천만다행으로 큰 문제는 없었지만 시골
체험의 첫날 신고식을 톡톡히 한 셈이다. 20년이 훨씬 지났지만 결코
잊을 수 없는 기억이다.

챙겨간 음식은 금방 거덜나서 며칠 동안 고구마를 굽거나 삶아 들기름
소금장에 찍어 먹었고 광에 있던 팥을 삶아서 꿀과 섞어 먹었다.
수도가 얼어서 집 위에 있는 우물의 얼음을 깨고 물을 길어다 끓여
먹어야 했고 세수도 대충하고 일주일 내내 머리도 감지 않고 지냈다.
우리는 꾀죄죄한 몰골로 두꺼운 외투를 꺼입고 산책도 하고 꽁꽁 언
개울가에서 예쁜 돌도 주웠다. 어쩌다 만나는 동네 어른들께 해맑게
인사도 드리고 음식도 얻어다 먹었다.
하루는 산길을 돌아 재를 넘고 기찻길을 따라 걸어 공전역까지 가서

약수상회
70×50cm
2012

역 근처 구멍가게에서 이런저런 먹을 것을 사
들고 해가 지기 전에 부지런히 되돌아왔다.
돌아오는 길에 어릴 적 기억이 떠올랐다.
서울에서 타고 온 열차가 너무 늦게 도착해서
역사에서 할머니와 밤새 모기에 뜯기며
새우잠을 잤었다. 할머니와의 추억이 떠올라
겨울밤 산길이 춥지 않았다.

지직지직 주파수를 겨우 맞춘 라디오에선
밤 10시면 윤상의 목소리가 들렸다. 우리는
그 시간만 되면 "윤상이다!" 비명을 질렀다.
방 한쪽에 쌓여 있는 노랗게 좀먹은 고전
책을 읽기도 하고 너무 무료하면 할아버지의
화투장을 꺼내서 가지고 놀기도 했다.
또 긴긴밤 친구와 제법 속 깊은 이야기도
늘어놓았다. 군불도 제법 잘 때고 사랑방
생활에 익숙해질 무렵 우리는 아쉬운
마음으로 서울로 돌아왔다.

부모님은 내가 둘째를 낳을 때쯤 서울 생활을
청산하고 할아버지 계시는 애련리로 가셨다.
사랑채를 비롯한 옛집은 많이 낡아버려
이를 허물고 새 집을 지으실 거라고 하셨다.

섬말상회

65×53cm

2013

지촌상회

75×40cm

2010

오랫동안 제자리를 지키던 사랑방이
사라지던 날 마음 한구석이 횅하니
무너지는 듯했다. '사랑방과 나의
인연은 이제 마음속에만 남는구나'
생각했다. 지금 그 사랑방 터엔
정원수를 심었는데 든든히 뿌리내려
잘 자라고 있다.
할아버지와 아빠는 돌아가셨고
남동생도 분가해 도시로 나가 이제
칠순의 엄마만 애련리에 계신다.
엄마 홀로 그곳에 계시는 게 늘
죄송하고 걱정이었는데 시골집은
세를 주고 엄마도 시내로 이사가기로
결정하셨다. 다행이다 싶다가도
한편으로 서운한 마음이 드는 건
어쩔 수 없다.
몇 년 후 애련리 시골집에 내려가 군불
때는 작은 사랑방 하나 지어서 뜨끈한
온돌방에서 등 지지며, 그렇게 자연과
함께 늙어가고 싶다.

이름

내 이름 가운데는 아름다울 '미美'가 있다. '미'라는 글자는 여기저기 발에 채일 정도로 흔해서 그 의미가 무색하다. '미'에 마지막 글자 '경京'이 더해지면 아름다운 서울이 되는데, 도대체 이 이름이 '나'라는 사람과 어떤 관계가 있는지 아직도 의문이다. 게다가 너도 나도 '아름다운 서울'을 딸아이 이름으로 사용한 것도 문제다. 이름이 갖고 있는 구별의 기능을 상실했다. 학창 시절에도 한 반에 나와 같은 이름을 가진 친구가 두 명 이상은 있었다. 심지어 성까지 같으면 미경A, 미경B로 불렸는데 그럴 때면 정체성마저 흔들렸다. 작가로 활동하면서도 동명이인이라 벌어지는 웃지 못할 일도 많았다. 어릴 적에 내가 너무 흔한 이름이라고 투덜대면 아빠는 "이름이 부르기 쉽고 편안해야 삶이 순탄하다" 하시며 이름이 너무 강하면 팔자가 드세져 고생한다고 "네 이름대로 살라" 말씀하셨다.

뜻도 좋고 비범한, 흔하지 않은 독특한 이름을 접했을 때 더욱 더 기억에 잘 남는다. 그러나 제 아무리 이름이 멋들어져도 이름의 주인이 이름값을 못한다면 그 이름은 돼지 목에 진주 목걸이가 된다. 반면

편하고 익숙한 이름은 처음엔 구별이 어렵겠지만 이름의 주인과 함께
시간이 쌓이면 그만의 이미지가 생겨난다. 이름은 사람의 얼굴처럼
어디에서 어떤 마음으로 어떻게 시간을 보냈느냐에 따라 같은 이름도
전혀 다른 인상으로 바뀌기도 한다. 결국 이름보다도 어떤 향기를 가진
사람인가가 중요한 것이리라.

나는 내 이름의 아름다울 '미美'라는 글자를 그럴 '연然'의 '그냥
그대로'라는 뜻으로 풀이하며 살아왔다. 아름다움 본연의 의미가
편안함이 아닐까? 있는 그대로의 자연스러움에서 편안함과 친숙함을
느낀다. 그리고 순리대로 자연스럽게 보이는 곳에서 아름다움을
발견한다. 담이나 문을 세울 때 원래 있던 나무나 바윗돌을 그대로
놓아 두어 담 사이에 끼인 듯한 모습을 종종 본다. 자연과 어우러져
조화를 이룬 것이 더할 나위 없이 보기에 좋다.
구멍가게의 이름이 친근함을 넘어 아름답게 들리는 건 가게와 이름이
갖는 어울림 때문이다. 또한 오랜 세월 사람들이 부르며 더해진

친숙함과 편안함 때문이고, 20년 가까이 특별한 인연으로 이어진 나의 유별난 애착 때문에 더욱 그러할 것이다. 한양수퍼, 복희슈퍼, 덕수상회, 행복슈퍼, 삼거리슈퍼…… 가게의 이름을 하나씩 불러본다. 얼마나 정겨운 이름인가? 또 얼마나 아름다운 이름인가? 순리대로 사는 것, 자연스럽게 이치대로 사는 것이 아름답다는 평범한 비밀을 비로소 알게 된 거다. "그냥 그대로 살라" 하셨던 아버지의 말씀 따라, 소박한 구멍가게들처럼 나도 생긴 대로 앞으로도 평범하고 순탄하게 그렇게 살고 싶다.

한양수퍼

73×50cm

2013

복희슈퍼

80×45cm

2015

행복슈퍼
50×50cm
2010

삼거리슈퍼

120×70cm

2008

퇴촌 관음리 구멍가게

첫째 딸아이를 낳고 어느 여름, 퇴촌에서 그림을 그리는 지인 집에
간 적이 있다. 도시와는 달리 사방이 초록빛으로 가득한 짙푸른
여름 그 자체였다. 그때 '아, 여기에서 살아도 좋겠구나' 하는 생각을
잠시 품었다. 그리고 시간이 흘러 둘째 아이를 임신했는데 유달리
입덧이 심했다. 나의 후각은 마치 야생동물의 그것 같았다. 오래된
집에 미세하게 깔려 있는 텁텁한 시멘트 냄새, 신문지가 뿜어내는
솔벤트 잉크의 싸한 냄새, 텅 빈 냉장고에서 나는 플라스틱 향 가득
밴 미끄덩한 냄새 같은 평소에는 인식조차 못했던 모든 냄새가 나를
괴롭혔다. 결혼 후 처음 소유했던 서울 송파동의 열여덟 평 작은
아파트는 문손잡이부터 벽지, 문지방 천장의 졸대까지 모두 직접
칠하고 바르고 바꾸어서 어느 것 하나 손길과 정성이 닿지 않은 곳이
없었다. 그만큼 애틋한 공간이었지만 집을 둘러싸고 있는 매연과
자동차 소음으로 힘들었고, 빡빡하게 들어선 비좁은 집들과 도로
때문에 숨이 막혔다. 서울 밖으로 나가기로 마음먹었다. 경기도에 있는
한 아파트를 분양 받고 입주 전까지 잠시 머물 생각으로 송파동 집을

팔아 퇴촌으로 살림을 옮겨 왔다. 1997년 여름이었다. 그러나 그해 겨울 IMF 외환 위기가 일어났고, 그 여파로 아파트 건설사가 부도를 맞았다. 잿빛 시멘트 벽체를 훤히 드러낸 채 공사가 중단되었다. 입주할 때까지 1년 반만 있으려 했던 퇴촌에서 꼬박 5년을 살았다.

우리가 살던 곳은 퇴촌 관음리, 논과 밭 사이에 새로 지은 연립이었다. 푸르른 들판 사이 불쑥 솟아 있는 몇 채의 건물처럼 우리도 그곳과 어울리지 않는 기분이었다. 처음에는 입주민도 별로 없어 낮이나 밤이나 조용하다 못해 적막했다. 부엌으로 난 창문을 열면 시원한 초록이 물기를 머금어 톡톡 터지고 아침이면 짙은 안개가 논둑 밑으로 꼬리 길게 숨어들었다. 밤엔 개구리 따라 개골개골 딸아이 선효가 울고, 소나기가 한차례 퍼붓고 지나가듯 일순간 입덧이 잦아들자 차츰 평온한 일상과 마주하며 자연에 물들어 갔다. 두 돌 갓 지난 선효는 몸이 무거운 나와 함께 낮이면 아장아장 느릿느릿 주변을 거닐며 탐색하다 해가 기울면 그날의 새로운 발견에 뿌듯해하며 들꽃을 꺾어 집으로 향했다. 좀 멀리 갈 때는 유모차에 아이를 태우고 다녔다. 딸아이의 군것질거리랑 소소한 찬거리 사러 구멍가게에 가는 것도 짧은 여행처럼 즐거웠다. 선효도 무척 신났는지 유모차에 앉아 발을 흔들어댔다. 어릴 적 남동생과 함께 갔던 남한산성 소풍 길을 떠올리며 길가의 코스모스와 파아란 가을 하늘 색을 마음껏 바라보고 걷던 길. 시간을 쪼개 써야 하는 지금의 나로서는 그립고 그립고 그리운 시간이다.

자연이 사람 몸과 마음에 미치는 영향이 정말 크다는 사실을 몸소 느꼈던 퇴촌에서의 가을이 지나고 코끝에 싸한 바람이 느껴지던 겨울 초입에 둘째 아이를 낳았다. IMF 외환 위기로 나라도, 우리를 둘러싼 환경도 흔들리고 위태롭던 시절에 퇴촌의 자연은 세상으로부터 방패가 되어 주었다. 눈앞에 펼쳐진 아름답고 한적한 풍경은 내 마음에 위로와 안식을 주기에 충분했다. 돌이켜보면 경제적으론 어려웠던 시기였으나 어릴 적 제천에서 느꼈던 평온함을 되찾았으며 잊고 있던 유년기의 나와 조우할 수 있었던 시간이다.

그때가 붓을 놓은 지 이삼 년 정도 지났을 때였다. 첫아이를 임신했을
때 친구들과 전시를 함께한 다음부터 유화나 캔버스를 멀리했다. 유화
물감에서 나는 냄새가 태아에게 좋지 않을 것 같았고 이 기회에 쉬자는
생각이었다. 늘 무언가를 그려야 한다는 강박에 스트레스 받으며
쫓기듯 살았다. 그런 상황에 만족하지 못했고 한번씩 밀려오는 허탈과
우울에 지쳤던 것 같다.

아이 둘을 낳고 캔버스 앞에 다시 앉았다. 커다란 흰 캔버스에 두려움,
상념의 흔적이 선으로 쌓였다. 아이들이 잠들어 잠시 짬이 나면 펜을
들고 아무거나 그렸다. 그동안 해 왔던 작업은 완전히 잊은 듯 새로운
시작이었다. 낯선 길 앞에 선 여행자같이 불안과 설렘이 교차하는
시간을 보냈다.

둘째 아이를 낳고 천진암의 차디찬 골바람과 녹을 줄 모르고 쌓여만
있던 눈덩이들이 봄바람에 자취를 감추고 벚꽃 눈 흩뿌리던 날,
오랜만에 찾은 관음리 구멍가게는 낯설고 매력적인 대상으로 내게
다가왔다. 적갈색의 슬레이트 지붕은 시간에 따라 오묘한 빛을

퇴촌 관음리 가게

71×35cm

1998

발하고, 유리창에 무심히 써 내린 붉은색
'음료수' 글씨가 시선을 유혹했다. 흙먼지
일으키며 손으로 뚝딱거려 만든 것 같은 벤치는
넉넉한 쉴 자릴 제공했다. 유리창은 마주한
하늘과 산과 논두렁을 가득 담고 연보라색으로
변하더니 이내 전등 빛 아래 속살을 드러냈다.
켜켜이 쌓인 진열대의 물건들은 '속에 무엇이
들었을까?' 궁금증을 유발했다. 먼 데를 바라보는
아주머니의 눈은 창 너머 논두렁을 향한 것인지,
그저 허공 너머의 시간을 헤아리는 것인지 사뭇
삶의 혜안이 느껴졌다. 집으로 돌아와 아이들이
잠들기를 기다렸다가 그 가게를 그리기 시작했다.
가슴이 뛰고 즐겁고 행복했다.
그렇게 구멍가게와 나의 인연은 시작되었다.

퇴촌 버스 정류장

80×53cm

2012

구멍가게에 이끌려
길을 나섰다

조용한 골목을 걷자니 마음도
한가롭다. 집집마다 담장 안에는
주황색 감들이 저 높이 주렁주렁
매달려 있다. 파란 하늘과 어우러진
선연한 색감은 말할 수 없이
아늑하다. 고향집 감나무에는 감이
풍년이고 구멍가게 감나무에는
그리움이 가득 열렸다.

1월의 구멍가게

봄만큼이나 겨울이 좋다. 봄은 목련과 매화와 벚꽃의 아스라한 색과
새싹의 야리야리한 연둣빛이 좋고 겨울은 단연 눈이 있어 좋다.
앙상하던 나뭇가지 위에 눈꽃이 만발해서 좋다. 추위를 몹시 타기
때문에 몸은 겨울을 반기지 않지만 나는 내 그림 속 겨울이
무척이나 좋다.
눈은 하늘의 여백을 빼곡히 메우고 내려오며 세상의 모든 소음을 삼켜
버린다. 깊고 깊은 고요 속으로 나를 안내한다. 겨울 여행길에서 만나는
함박눈은 낯선 곳에서 조우한 친구마냥 반갑다. 발이 묶여도 좋다.
발이 얼어 시려도 좋다.

눈 덮인 산자락 아래 인적 드문 길가, 나지막한 둔덕 위로 구멍가게가
보인다. 빛바랜 양철 지붕은 은백색 옷을 걸치고 한껏 반짝인다.
숨 막히게 차가운 공기 저편으로 회색 연기가 연통에서 소곤소곤 뿜어
나오는 모습만 보아도 마음이 놓인다. 흩날리는 잔설이 햇빛을 반사할
때면 눈이 시리지만 그 날카로운 빛에 현혹되어 고개를 돌릴 수 없다.

마침내 나를 기다리는 그 구멍가게에 다다라 문을 조용히 열고
들어간다. 연탄난로 위 모락모락 보리차와 구운 고구마가 기다리고
있다. 마음을 채우고 가야겠다.

가곡리에서

65×53cm

2013

구억리 가게
110×70cm
2012

옥기상회

중앙고속도로를 달리던 중 고가 아래로 얼핏 구멍가게를 본 것 같아
홀연히 이끌려 되돌아왔다. 역전평리 길 왼편에 파란 지붕의 가게가
있었다.

문창살에 창호지 팽팽히 바른 미닫이문과 반지르르한 쪽마루, 나무
선반 위로 오목조목 가지런히 진열된 물건들까지 가게 구석구석에
정취가 스며들어 있어 정겨웠다. 비타민 음료를 건네는 반백의
주인아저씨, 그 굴곡진 얼굴에서 반짝이는 청년의 눈빛을 보았다. 은퇴
후 도시 생활을 청산하고 가게를 인수해 정착한 지 8년쯤 된다고 했다.
"자식들은 죄다 도시에 살아. 우리 집사람과 나는 몸 건강하고
그럭저럭 먹고는 살 만하니 뭐 더 바랄 게 있겠소."
가게 이름이 왜 옥기인지 묻자 아내의 이름을 딴 것이라 했다. 오래된
구멍가게를 찾아다니며 그림을 그린다고 얘기하니 아저씨도 읍내에서
서예를 배우는데 얼마 전에는 전시도 했다면서 내게 전시를 하면 알려
달라고 하셨다.
지금도 옥기상회는 역전평리에 있다.

옥기상회

26×26cm

2013

옥기상회
50×25cm
2015

충남상회

이대역에서 대흥동 쪽으로 걸어 내려가다 보면 도로 양쪽으로 오래된
양옥집과 이층 건물이 빼곡히 들어선 골목이 그물처럼 엮여 있다.
10년 전만 해도 대흥동, 염리동에는 오래된 슈퍼가 많았다. 충남상회는
염리동에서 언덕길을 오르기 직전에 만났던 가게다. 쌀집을 겸한
소박한 구멍가게였는데 작은 화단에 정성스레 키운 화초가 가게
외관과 어우러져 마음이 끌렸다.

염리동은 소금마을이라는 뜻으로 옛날 마포나루에 소금배가 드나들
때 소금을 보관하는 창고가 이 동네에 있었다고 한다. 처음 이곳을
찾은 후에도 개발은 계속되어 허물고 새로 짓는 공사가 곳곳에서
한창이다. 그 와중에 몇 년 전에는 골목에 벽화를 그려 소금장수가
드나들던 길을 다시 살려내기도 했다. 자전거에 쌀을 싣고 배달 다니던
반백의 충남상회 아저씨, 그 자전거는 아직도 그 골목을 달리고
있을까?

충남상회

57×40cm

2010

도당상회

2014년 여름, '다큐멘터리 3일'에서 보았던 가게를 찾기 위해 태안군
원북면으로 길을 나섰다. 찾던 가게가 도통 나타나지 않아 헤매다
우연히 들어간 길 안에는 예상밖의 만남이 나를 기다리고 있었다. 골목
안쪽에는 너른 공터를 끼고 중화요리집, 철물점, 정육점, 이용원 등
오래된 가게들이 모여 있었는데 그 사이에 도당상회가 있었다.
한눈에 봐도 오랜 연륜이 묻어나는 가게였다. 찾아 다니던 가게는
아니었지만 그날의 헛걸음이 하나도 힘들지 않을 만큼 행복했다.
밝은 벽돌색 나무 문을 열고 들어서니 고운 얼굴의 할머니께서 가게
안 쪽방에 앉아 고개를 내밀었다. 문구류, 장난감, 어릴 적 먹던
군것질거리가 잔뜩 놓여 있었다. 근처에 학교나 아이들이 제법 있는
모양이었다. 아이스크림 하나 물고 이런저런 이야기를 건넸다.
할머니는 이곳에서 40년 넘게 가게를 하셨는데 젊어서부터 여든
다 된 지금까지 가게만 지키고 있다며, 할아버지는 경로당이다
어디다 밖으로 다니시는데 할머니는 가게를 비울 수 없다고 속상해
하셨다. 마음 같아선 가게를 며칠 대신 봐 드리고 할머니에게 휴가를

다녀오시라 하고 싶었다. 가게에 매여 있어 답답해 하시면서도 비가
새는 지붕이며 가게 구석구석을 걱정하며 살뜰히 챙기고 계셨다.
한참 이야기를 나눈 뒤 아들 실내화를 사 들고 가게를 나왔다.
돌아오는 여름에는 다시 서해, 그곳에 가고 싶다.

도당상회

180×97cm

2014

평상의 계절

마을 어귀 느티나무 아래 놓인 평상은 더없이 한가롭다. 어르신은
호기심과 친근한 눈길로 "어데서 왔수? 아유 쉬었다 가슈" 기분 좋은
인사말을 건네신다. 낯선 이에게도 열려 있는, 인심이 오가는 장소다.
그런 평상이 하나둘 사라져 간다. 사람과 사람을 이어주는 한 평
남짓한 공간마저 빼앗겨 버렸다. 아니 우리 스스로가 삶의 여유를
반납했는지도 모른다.

내 그림엔 평상이 단골로 등장한다. 평상은 함께 앉는 것이다. 그리고
누구나 앉을 수 있는 자리다. 나눠 앉을 수도 있고 둘러앉을 수도 있고
누울 수도 있다. 누군가의 자리가 정해져 있는 것도 아니어서 어제 내가
앉았던 자리에 다른 사람이 앉는다고 뭐라 할 수도 없다. 또 사람이
많으면 많은 대로 적으면 적은 대로 유연하게 쓸 수 있는 자리다. 낯선
이들과 어우러져 앉아도 어색하지 않다. 평상은 나눔의 자리다. 가게
앞에는 평상이 하나씩 있다.

기다림과 배웅, 위로와 놀이, 고백 등 소소하지만 따뜻한 기억이 두터이

쌓인 장소가 바로 평상이다. 어릴 때 할아버지께서 만든 평상에 누워서
쏟아질 듯 반짝이는 별들을 보았다. 저마다 리듬을 타는 듯 밝아졌다
어두워졌다 하는데 어쩐지 우주 머나먼 곳에서 나에게 보내는 신호
같았다. 모깃불 연기의 약초 같은 냄새에는 묘한 안도감을 느꼈다.
나도 모르게 평상에서 잠이 들 때면 할머니는 나를 안아 들고 방으로
옮기시며 한데서 자면 입 돌아간다고 성화셨다. 잠결에 몸이 붕
떠오르면 우주를 날고 있는 꿈을 꿨다.

평상의 계절 여름이 오면 작업실 아래 슈퍼에도 평상 하나 놓여지기를.

축령산 입구에서

50×50cm

2013

서산에서

45×53cm

2014

등나무수퍼

38×19cm

2013

와흘상회 앞에서

우연히 블로그에서 본 제주도의 구멍가게를 찾아 설레는 맘으로
바다를 건너 바람과 돌과 갈대로 이어지는 호젓한 산책로를 지나
와흘리에 왔는데, 와흘상회가 그새 간판을 내렸다. 좀 더 빨리 올 걸
하는 아쉽고 허전한 마음을 달래려고 가게 앞 멀구슬나무 아래에
한참 동안 앉아 있었다.

와흘상회

45×53cm

2014

태백, 정선을 거닐며

비스듬히 하늘로 차오르는 듯하나 슬쩍
땅 아래로 굽이쳐 내려오고 굽어지나
싶다가도 다시 오를 것을 예감하고
준비하는 하늘과 땅이 구분되지 않는
움직임. 보이나 싶다가 가려지고 다다랐다
싶다가도 갈 길이 먼 세상살이처럼
유연한 곡선이 교차하는 태극 문양 같은
풍경들. 단풍이 유달리 곱게 물든 가을날,
뭔가에 이끌리듯 여행길에 나섰다. 멀리서
바라본 가을 산의 여운을 그림에 담았다.
나이를 먹을수록 가을이 깊고 아름답게
다가온다.

선명상회

120×90cm

2012

정선에서

100×50cm

2011

태백슈퍼
61×28cm
2012

감나무가게

소백산맥 줄기인 괴산을 지나 조령산 아래 초록 병풍에 둘러싸인
연풍마을. 유달리 높고 깊은 하늘에 바람은 살랑이고 은행나무는
샛노란 잎을 떨구기 시작했다. 고속도로 옆 폐쇄된 철길 곁에 홀로
남겨진 역사 안으로 들어섰다. 매표소 입구의 열차 운행 시간표는
해져 있고, 간단한 음식을 팔았던 진열대에는 회갈색 먼지가 뿌옇게
내려앉아 있었다. 커다란 거울 옆 격자창 사이로 물오른 산이 보였다.
조용한 골목을 걷자니 마음도 한가롭다. 집집마다 담장 안에는 주황색
감들이 저 높이 주렁주렁 매달려 있다. 파란 하늘과 어우러진 선연한
색감은 말할 수 없이 아늑하다. 고향집 감나무에는 감이 풍년이고
구멍가게 감나무에는 그리움이 가득 열렸다.

감나무가게

73×60cm

2016

해남에서

해남 땅끝마을을 찾았다가 발길을 돌려 해남군 산이면
806번 국도 미륵사 옆 오르막을 오르던 중 구멍가게를
하나 만났다. 시대의 애환을 등에 지고 있는 듯한
분위기였다. 어둑어둑한 초저녁 하늘 아래 조용히 앉아
있는 구멍가게에는 내가 찾아다니며 그리는 가게의
이미지가 모두 담겨 있었다. 숨죽여 한참을 바라보았다.
희미한 불빛에도 간판은 보이지 않았다. 서서히 청자색
어둠이 깔리고 가게 등 뒤로 빼곡한 나무들이 병풍처럼
당당하게 존재감을 드러냈다. 묵묵히 서서 현실을
직시하는 듯하였다. 가게 옆에 선 가로등 빛과 가게
안에서 번져 나오는 주광색 조명은 따뜻한 온기를
품고 있는 성인聖人의 밝은 눈빛 같았다. 밤의 그늘과
등불이 만나 자아내는 신비로운 분위기는 쇠락하는
가게에서만 볼 수 있는 처연한 아름다움이다. 내 작품의
모티브가 이곳에 응축되어 있었다.

해남에서

50×100cm

2013

만경강 상류에서

내가 태어나던 그때 즈음 만경강 상류 초포에서 봉동 고산으로
거슬러 오르는 강줄기는 자갈밭 가득 핀 패랭이꽃으로 아름다웠다고
한다. 은빛의 유리알 같은 물길을 토종 물고기들이 힘차게 헤엄치고
시끌시끌한 아이들의 물장구 소리, 웃음소리가 들리던 그곳.
근대화 과정에서 만경강에도 거대한 콘크리트 숲이 들어섰고 강줄기의
자갈과 모래가 고갈되었다. 움푹 팬 웅덩이는 점점 늪지대로 바뀌어
물 갈대가 자라고 철새들이 찾아들지만 곱고 맑던 만경강은 예전과는
전혀 다른 얼굴이 되어 버렸다.
초포에서 고산에 이르러 용흥, 개미, 용암상회를 만났고 잠시 강둑에
앉아 만경강을 바라봤다. 해질녘 논둑에 불길이 일렁이고 검회색
연기가 허공에 기다란 띠를 그리면서 하늘로 오른다.
하늘은 기억할까? 물놀이 하던 아이들의 웃음소리를.

용암상회
75×43.5cm
2006

작업은 생활이고
일상의 한 부분이다

날카로운 펜 선의 기나긴
여정이 만들어 내는 내 그림에
일필휘지一筆揮之란 뜬구름 같은
먼 이야기일 뿐이다.

작업실에 쌓인 시간

슥슥슥 슥슥슥. 펜촉이 단단한 종이 위를 지나갈 때 내는 소리다.
첫아이를 가졌을 때는 전시 때문에 임신 4개월까지 작업에서 손을 떼지
못했다. 출산 후 돌이 지나고부터는 집 베란다에서 그림을 그렸다.
애 보랴 집안일 하랴 정신없는 사이사이 조금씩 그리느라 한 달 내
잡고 있던 그림에 아장아장 걸음마 하던 첫째 선효가 잉크를 쏟았다.
힘들게 그린 펜화라 속상했지만 어쩌겠나? 내내 그림을 가지고 있다가
작년에야 버릴 수 있었다.

아이들을 키우면서 작업하는 건 무척 힘들었다. 잠시 한눈팔면 방에다
잉크를 뿌리고 유성 펜으로 여기저기 그림을 그리기 일쑤였다. 밤이
되어야 작업 시간이 잠깐씩 생겼고 두 살 터울의 아이 둘을 유치원에
모두 보내고 나서야 몇 시간 동안 온전히 작업에 집중할 수 있었다.
학교에 보내고 나서도 엄마의 손길이 필요한 순간이 많았지만
언제부터인가 아이들은 엄마가 그림 그리는 사람이라는 사실을
인지하고 작업할 땐 배려해 주었다.

집에서 그림을 그리면 아이들은 곁에 붙어 앉아 공부를 했다. 그림

그리는 일은 작가가 자신의 내밀한 이야기를 꺼내놓는 과정이라 어떤
작가는 작업하는 곳에 다른 사람의 출입을 꺼리기도 한다. 그러나
나에게 작업은 생활이고 일상의 한 부분이었다. 무언가 제대로 마음
편히 벌려 놓고 할 만한 시간이 없었다. 밥 차리다가도 그리고, 빨래
돌리는 중에도 그리고, 공부 봐주면서도 그리고, 학습지 선생님 오셔도
그리고, 과외 선생님 오셔도 그렸다. 짬나는 대로 그림 앞으로 가
펜을 잡아야 했으니 전쟁 같은 작업이었다. 그러나 그림 속 풍경은
내 일상이나 작업과는 달리 평화롭다. 어느 날 아이 학습지 선생님이
"어머니 그림엔 소리가 나요. 음악 같아요. 반복되는 그 사각거림에
맘이 편해져요" 하고 말했다.

시간은 흰 종이 위에 내긋는 펜 선처럼 촘촘하면서도 슥슥슥 빨리도
흐른다. 이 작업실에서만 14년이 지났다. 오늘도 남편은 일터에서
돌아와 작업실 한편의 소파에 지친 몸을 뉘이고 슥슥슥 펜 소리를
자장가 삼아 졸고 있다. 어느새 엄마보다 훌쩍 커 버린 두 아이는

내 등 뒤에서 각자 한자리씩 차지하고 든든하게 저마다의 작업을
한다. 슥슥슥, 바쁘다고 자주 찾아뵙지 못하는 엄마는 수화기 너머
소리를 듣고 "아직도 작업실이니? 몸 상하지 않게 쉬엄쉬엄 하렴."
슥슥슥, 선을 긋다가 뒤돌아보면 고맙고 사랑하는 남편과 두 아이가
있다. 눈물이 날 것 같다. 가족이란 게 뭔지. 훗날 이 시간을 몹시도
그리워하리라는 것을 알고 있다. 아니 벌써부터 그립다.

청운수퍼

73×60cm

2016

봄날에 태백에서
45×53cm
2015

사계

계절에 따라 겉옷을 갈아입는 구멍가게 풍경. 꽃이 피고 녹음이
짙어지고 산이 붉어지고 시린 가지 위 잔설이 날리고……. 구멍가게의
사계를 그리다 보니 작업실 벽면은 매일매일 봄, 여름, 가을, 겨울이다.

봄날에

72×90cm

2014

문화마트

60×72cm

2014

만추상회
90×110cm
2015

율곡리에서
100×73cm
2012

경춘

우리 동네에는 경춘빌라가 있다. '경춘京春'이라는 말은 어딘지
애틋하다. 창경궁 안 인현왕후가 거처하던 경춘궁, 서울과 춘천을 잇는
기찻길 경춘선도 있지만 경춘이라는 말이 내 마음을 흔드는 건 오래된
3층 빌라 옆, 수령이 50년은 되어 보이는 커다란 벚나무 때문이다.
보라빛 멍울이 터진 지 며칠 지나지 않아 흩날리는 꽃비를 맞으면
마음이 먹먹해 온다. 봄의 햇살 일렁이는 꽃그늘 아래 앉아 도란도란
이야기를 나누는 동네 어르신들의 미소를 보다 보면 '아, 이 또한
인생의 봄날이 아니겠나' 그런 생각이 든다.
삶은 매 순간 피어나는 꽃이다.

경춘상회
100×100cm
2012

오래된 인연

초등학교 다닐 무렵부터 가지고 있는 펜대가 있다. 고모나 삼촌이
쓰던 것 같다. 시골 건넌방 책상 서랍에 굴러다니던 것을 가지고
왔다. 단단한 플라스틱으로 만들어진 펜대는 펜촉 꽂는 앞에서부터
손가락으로 쥐는 부분까지 무색투명한데 안에 붉은 장식이 하나
들어 있다. 중간부터 끝으로 갈수록 뾰족해지며 빨갛게 색이 변한다.
햇빛에 비추어 가까이 들여다본 펜대 속에는 산호인지 뾰족한 잎인지
헷갈리는 자그마한 무언가가 있어 유리구슬을 쳐다본 것만큼 예쁘고
신비로웠다.

초등학교 5학년 때 이 펜으로 처음 펜화를 그렸다. 손에 익은 이 녀석을
지금도 작업실에서 종종 사용하는데 예쁘기도 하지만 튼튼해서 닳지도
부러지지도 않는다. 기특하고 고맙다.

봄날에

45.5×53cm

2013

동막리 가게

35×18cm

2012

덕평리에서

45×53cm

2014

화가의 시선

화가는 자신만의 방식으로 세상을 바라보는 능력을 가지고 있다. 화가의 시선이 머무르는 대상도 다를뿐더러 혹 같은 대상이나 현상이라도 남들과 다른 생각, 다른 경험, 다른 관점으로 바라보기 때문에 느껴지는 감동이나 깨달음의 깊이도 제각각이다. 표현에 있어서도 그대로 재현해서 그리거나 상상력을 발휘해 그리거나 변화시켜 그리는 등 각자 추구하는 것에 따라 사실주의, 표현주의, 초현실주의, 추상주의 등 여러 방법이 있다. 어떤 의도와 개념을 가지고 작업에 임하느냐는 전적으로 화가의 몫이다. 그러나 작품이 완성된 후 그것을 감상하는 것은 작가의 영역 밖이다. 작가의 의도에 맞게 읽을 수도, 그렇지 않을 수도 있다. 보는 이가 어떤 울림이나 감동, 위안, 깨달음을 느낀다면 그건 선물이고 축복이라고 생각한다.

본 것을 탁월하게 재현하는 능력을 '손재주가 있다, 손이 맵다, 눈썰미가 좋다'고들 한다. 이런 재주는 화가가 갖추어야 할 덕목 중 하나이나 카메라와 디지털 문화가 널리 퍼지며 그 의미가 점점

퇴색되고 있다. 재주의 개념이 점차 '관심과 적극성'으로 바뀌고 있다.
인공지능 컴퓨터 화가가 등장할지도 모르겠다. 그럼에도 나는 "회화는
영원하다"고 외치고 싶다. 비록 주저하더라도 불확실한 일에 끝까지
매달리는 건 인간만이 할 수 있는 어리석은 모험이기 때문이다.

얼마 전 한 작가의 작품 제작 방식이 도마 위에 올랐다. 언론과 평론가,
화가 개개인마다 의견이 분분했다. 손으로 직접 그림을 그리는 작가도
카메라 촬영이나 컴퓨터를 통한 이미지 합성 등의 디지털 작업에서
영감을 받기도 한다. 자신의 생각을 효과적으로 시각화하기 위해 손
그림이 아닌 디지털 작업을 선호하는 작가도 많다. 작가 개개인이
선택한 다양한 제작 방법에 대해서 인정하느니 마느니 말하는 것은
무의미하다. 앞으로 회화가 어떻게 변화하고 영역이 확장될지 모를
일이지만 나는 도와줄 조수 하나 없다고 투덜대지 않을 것이고 굳이
작가가 작품을 온전히 본인 손으로만 제작해야 한다고 생각하지도
않는다. 오롯이 작가 손에서 만들어진 작품에만 작가의 영혼이 깃들어

만화수퍼

38×19cm

2013

있다는 주장에도 반대다. 다양한 사고와
문화와 예술이 존재하는 것처럼 회화의
다양성과 가능성도 열어 놓아야 한다고
본다. 화가에게 표현 방법은 수단이지
목적일 수 없다.
그럼에도 손으로 그리는 수고를 마다하지
않는 것은 내가 그리는 쾌감에 깊이
중독되어 있기 때문이다. 어느 순간

지겨워지거나 물리적으로 힘에 부쳐 더 이상
계속할 수 없다면 그때는 작업 방법을 바꿀
수도 있지만 지금은 아니다.

구멍가게를 찾아 떠났던 길 위의 시간들과
다양한 삶의 이야기가 내 그림의 든든한
자양분이다. 그 덕에 오늘도 지나치리만큼
더디고 촘촘한 작업을 기꺼이 끌어안고
있다. 산고 끝에 완성한 그림을 걸어 두고
보아 내 눈에 걸림이 없는 편안한 상태에
이르러야 마음이 놓이니 작가의 시선은
그림을 숙성시키기도 하나 보다.

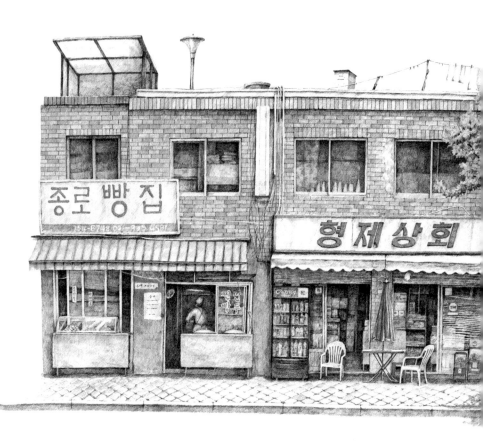

형제상회

100×60cm

2010

유심수퍼

몇 해 전, 책 때문에 인연이 이어진 기자에게 문자가 왔다.
'작가님, 우리 동네 유심수퍼가 조만간 문을 닫는대요. 사진 안
찍으셨으면 얼른 다녀가세요.'

'아, 할머님이 그 동안 고생 많이 하셨는데……' 하는 생각과 함께
아쉬움이 들었다. 유심수퍼에는 두 번 찾아가 인사를 드렸었다. 팔순이
넘는 연세에도 강단 있어 보이는 선한 얼굴의 할머니가 계신 곳이었다.
50년 넘게 해온 장사를 접으시려는 모양이었다. 혼자 장사하며 자식
키우느라 고생 많으셨으니 쉬실 때도 되었다 싶으면서도 서울의
오래된 가게 중 하나가 문을 닫는다니 마음 한 귀퉁이가 허물어지는
듯 울먹했다. 꽃이 피면 지는 게 순리인데 매번 스러지는 것에 마음이
아프다.

유심수퍼

70×45cm

2013

수평과 수직

평온하고 따뜻한, 수평을 지향하는 마음을 그림에 담는다. 주제가
되는 이미지를 중앙에 떡 하니 배치해 자리를 잡고 그와 함께하는
사물로 아기자기하게 화면을 구성한다. 날카로운 선의 촘촘한 중첩
속에 하나의 형상이 모습을 드러내고 하얗게 남겨진 배경과 조화를
이뤄 여백의 미와 정중동의 회화 원리를 표현한다. 몸을 낮추고 거센
비바람과 혹한, 그리고 모진 세월에도 견디어 내는 구멍가게는 작지만
단단하게 그린다.

어떤 사람들은 내게 말한다. 왜 작고 오래된 쇠락하는 가게 풍경을
그리느냐고, 인류의 가치관을 대변할 좀 더 근사하고 웅장한 상징물을
그리라고 한다. 기억의 향수에 머무는 게 무슨 의미가 있냐고 더 높이
수직을 보라 한다. 그렇지만 왕조의 유물, 역사에 기록된 위대한
상징물보다 나를 더 강렬히 잡아끄는 것은 보통의 삶에 깃든 소소한
이야기다. 사람 냄새나고 매력 있게 다가온다.

수직에서 느껴지는 경쟁과 성공 지향의 이미지와 엄숙함, 숭고함이
나는 낯설다. 그저 동시대의 소박한 일상이나 사람과 희망에 의지하여

오늘도 작업에 임할 뿐이다. 정겨운 구멍가게, 엄마의 품, 반짇고리 같이
잊고 있던 소중한 마음을 되돌아보게 하는 그림을 그리고 싶다.

강진에서

50×100cm

2013

잘못된 선택

며칠 전부터 딱새 한 마리가 푸다닥거리며 들락대더니 하필이면 작업실
입구 나무 선반 아래 둥지를 틀고 네 개의 알을 낳았다. 조심조심
모르는 척 천으로 가려줬는데도 딱새는 알을 품지 않고 날아가 버려
다신 돌아오지 않았다. 딱새 알은 작업실 한쪽에 박제로 남겨졌고
바보 같은 딱새는 어디선가 울고 있지 않을까?
잘못된 선택은 딱새가 했는데 딱새 알은 버려져 불쌍하고 나는 괜히
미안하다.

홍인수퍼

91×72cm

2015

석치상회

선운사 풍천 장어집

김사인

김씨는 촘촘히 잘도 묶은 싸리비와 부삽으로
오늘도 가게 안팎을 정갈하니 쓸고
손님을 기다린다.
새 남방을 입고 가게 앞 의자에 앉은 김씨가
고요하고 환하다.

누가 보거나 말거나
오두마니 자리를 지킨다는 것
누가 알든 모르든
이십년 삼십년을 거기 있다는 것

우주의 한 귀퉁이를

얼마나 잘 지키는 일인가.

부처님의 직무를 얼마나 잘 도와드리는 일인가.

풀들이 그렇듯이

달과 별들이 그렇듯이.

반칠환 시인이 수요일 아침마다 보내주는 '시 읽는 수요일'을 통해
김사인 시인의 '선운사 풍천 장어집'을 읽었다. 시를 읽는 순간
10년 전 만났던 군산 석치상회의 주인 할아버지가 떠올랐다.
역전의 명수로 유명한 군산상고 뒷골목에 자리한 석치상회는 내
그림을 고대로 옮겨 놓은 것 같은 곳이다. 티끌 하나 없이 쓸어 놓은
가게 앞, 나무 문틀 유리창에 붙여 둔 '잠시 외출 중입니다' 손글씨의
메모, 그리고 잠시 후 나타난 백발의 주인 할아버지. 드르륵 문을
열고 들어선 가게 안은 두세 평 남짓으로 한눈에 들어오는 크기였다.
반질반질 잘 닦여 있는 마호가니색 원목진열장과 정갈하게 정리된
물건들에서 할아버지의 부지런함이 보였다. 손수 쓰셨다는 반듯한

석치상회

130×100cm

2008

글씨체의 '석치상회' 간판에서는 할아버지의 꼿꼿함이 전해졌다.
가게 왼편엔 큰 나무 두 그루가 서 있고 멀리 뒷산자락 오른쪽으로는
돌부리가 튀어나와 있어 자그마한 석치상회와 묘한 조화를 이뤘다.
석치산을 오르는 등산객이 주된 손님이라 했다. 마흔 넘어 이곳에
가게를 열었는데 벌써 40년이 지났다고 이야기하며 헐헐 웃는
할아버지의 하얀 얼굴이 순간 신선 같았다. 가게에 주인과 손님들이
어우러져 하루하루를 채우고 그렇게 세월이 흐르면 기억들이 쌓인다.
그 기억들은 많은 이야기를 낳는다. 차마 듣지 못한 그 사연과
이야기가 궁금해 한참 동안 발길을 돌리지 못했다.

몇 년 후 석치상회는 문을 닫았고 그곳엔 커다란 밤나무 두 그루만
덩그마니 남아 있다는 이야기를 전해 들었다.

버팀목

구멍가게 그림에는 나무를 꼭 함께 그린다. 동백나무, 자목련, 백목련,
벚나무, 매화나무, 산수유, 감나무, 대추나무, 소나무, 버드나무,
향나무, 명자나무 등을 지역에 따라, 계절에 따라 다른 옷을 입혀 집과
함께 그려 넣는다.

집을 지을 때 앞마당이 있다면 적어도 나무 한 그루는 심는다. 길가에
있는 가게라면 가로수가 친구가 되어 함께 서 있다. 오래된 가게일수록
커다란 나무를 볼 수 있다. 봄에는 꽃을 보여 주고, 여름에는 푸른
잎사귀가 그늘을 드리우고, 가을엔 곱게 물드는 단풍으로 마음에
휴식을 선사한다. 집주인은 나무와 더불어 살기 위해 매년 흩날리는
꽃잎과 낙엽을 치우는 수고를 마다하지 않았으리라.

그림 속 시간은 멈춰 있다. 목련꽃은 절대 시들지 않고 가게는 항상
손님 맞을 준비를 한다. 묵묵히 세상을 응시하며 변함없이 그 자리에서
버팀목이 되어 주었던 구멍가게 그리고 나무, 사람을 기억한다.

봄날 해월리에서

53×45cm

2015

양촌리에서

80×45cm

2014

남문점빵

100×80cm

2012

청파동을 서성이다

언제부턴가 내 책장에 최승자 시인의 〈이 시대의 사랑〉이란 시집이
꽂혀 있다. 결혼하면서 딸려온 남편의 책이다. 가끔 책을 펼칠 때마다
'에나멜처럼 반짝이는 저 단단한 슬픔의 이빨', '목숨밖에는 팔 게 없는
세상', '개 같은 가을 매독 같은 가을', '그릇 똥값' 같은 날선 시어들이
명치에 머물며 나를 심하게 뒤흔들었다. 글을 쓰거나 그림을 그리는
일로 하루하루 채우는 삶은 감내해야 하는 그만의 무게가 있다.
시집을 펼쳐들면 1980년에 그가 살았던 청파동의 구불구불 골목길을
걷게 된다. 민주화 운동의 격변기를 살아가는 젊은이의 피 끓는 외침이
골목 곳곳에서 들린다. 막걸리와 고갈비 냄새가 진동한다. 한 평 반
남짓한 하숙방에는 책걸상 하나 덜렁 있고 방바닥엔 깔깔이 이불이 깔려
있다. 누런 벽엔 레너드 코헨의 사진이 붙어 있고 말라비틀어진 장미는
위태롭게 거꾸로 매달려 있다. 미닫이 창문의 깨진 유리 틈은 차마
보내지 못한 빛바랜 편지봉투로 겨우 틀어막고 낡은 커튼 한 짝으로
가려 놓았다. 구겨 던진 원고 뭉치, 꽁초가 넘쳐나는 재떨이, 방 안에는
그의 고뇌와 열정의 폐기물이 가득하다. 쓰디쓴 커피와 담배가 유일한

벗, 생계 수단으로 빈센트 반 고흐에 대한 책을 번역하며 하위징아의
〈호모 루덴스〉를 읽고 있다.

나는 그 시절 최승자 시인의 미닫이창 건너 방에서 하숙하던 청년과
지금 살고 있다. 그래서 이렇게 상상으로 시인의 모습을 그려 보는 것이
어색하지 않다. 남편은 대학 교지 편집장 시절 그가 사귀던 남자친구의
수인번호가 '1212'라는 것도, 최승자 시인과 함께 갔던 월미도
앞바다의 바람도 생생히 기억하고 내게 전해 주었다. 1981년 험악한
시절에 남편은 군대에 갔고 자연스레 각자의 길을 가게 되었다고
이야기했다.

청파동을 기억하는가

최승자

겨울 동안 너는 다정했었다
눈[雪]의 흰 손이 우리의 잠을 어루만지고
우리가 꽃잎처럼 포개져
따뜻한 땅 속을 떠돌 동안엔

봄이 오고 너는 갔다
라일락꽃이 귀신처럼 피어나고
먼 곳에서도 너는 웃지 않았다

자주 너의 눈빛이 셀로판지 구겨지는 소리를 냈고
너의 목소리가 쇠꼬챙이처럼 나를 찔렀고
그래, 나는 소리 없이 오래 찔렸다

찔린 몸으로 지렁이처럼 기어서라도
가고 싶다 네가 있는 곳으로
너의 따뜻한 불빛 안으로 숨어들어가
다시 한번 최후로 찔리면서
한없이 오래 죽고 싶다

그리고 지금, 주인 없는 해진 신발마냥
내가 빈 벌판을 헤맬 때
청파동을 기억하는가

우리가 꽃잎처럼 포개져
눈 덮인 꿈 속을 떠돌던
몇 세기 전의 겨울을.

2010년 오랜만에 그의 소식을 들었다. 가죽만 남은 앙상한 얼굴에서
그의 삶이 고스란히 전해오는 듯했다. 정신분열증, 알코올과 불면의
시간을 지나 11년 만에 그녀는 다시 시집을 냈다. '쓸쓸해서 머나먼'
허무와 절망을 숙명처럼 받아들인 그의 시는 슬픔과 비명이 쌓인

운수리에서
65×53cm
2013

자리에서 태어난 것임이 틀림없다. 건강이 호전되어 2016년에도 〈빈 배처럼 텅 비어〉를 출간했다. 정말 다행이다.

지난봄 어느 날 후암동 뒷길을 돌아 청파동을 거닐었다. 어느덧 골목에는 자주빛 어둠이 깔렸다. 나는 그의 시 속 청파동을 알지 못하지만 다만 그 시대를 살았던 청춘이, 최승자 시인이, 또한 내가 골목을 돌고 돌아 언젠가, 어디선가 '오래된 정원*'을 찾을 수 있기를 소망했다.

* '오래된 정원'은 1980년대를 배경으로 한 황석영의 소설 제목으로, 힘겹던 그 시절을 지나 화해하고 멈추었던 사랑을 완성하는 유토피아, 이상향의 세계를 말한다.

떠나기 직전 또 열어 보네

가을 생각秋思

　　　　장적

洛陽城裏見秋風　　낙양성 안에 가을바람 부는 걸 보니
欲作家書意萬重　　고향집에 편지를 보낼 생각 만겹이나 든다
復恐匆匆說不盡　　바삐 써서 이야기 다 못했나 다시 걱정해
行人臨發又開封　　행인이 떠나기 직전 또 열어 보네

당나라 시인 장적의 시다. 그림을 완성하면 화방으로 보내 액자를 하고
갤러리로 옮긴다. 얼마 뒤 누군가의 품에 안길 분신 같은 그림들을
작업실에서 차마 서둘러 떠나보내지 못하고 다시 한 번 쭈그려 앉아
쳐다보는 나의 심정도 시인의 마음과 같다.

남해슈퍼

28×22cm

2013

유달상회

25×25cm

2013

지붕 이야기

스무 해 가까이 구멍가게를 찾아다니며 그렸던 그림을 모아 놓고 보니
지역에 따라 구조와 지붕의 모양, 재료가 서로 달랐다. 아주 오래된
점방을 만나면 맨 처음 문을 열었을 때는 어떤 모습이었을지 상상하는
버릇이 생겼다. '초가집은 아니었을까?', '저 알루미늄 새시 문 대신
원래 솜씨 좋은 목수가 만든 나무 문짝이 있었겠지.'

내가 그린 가게들은 주로 슬레이트나 함석, 시멘트 기와 등의 지붕을
얹고 있다. 집에 따라 모양도 다른데 맞배지붕, 팔작지붕, 우진각 지붕
등이 대부분이다. 지붕의 모양과 소재, 시대는 긴밀하게 연결되어 있다.
슬레이트 지붕은 1970년대 초 '새마을 가꾸기 운동'과 함께 퍼져
나갔다. 슬레이트의 원료인 석면은 솜처럼 가볍고 불에 잘 타지
않으면서도 값이 싸 기적의 소재로 각광받았으나 인체에 유해하다는
사실이 밝혀지며 생산을 중단했다. 한때는 지붕을 슬레이트로
바꾸라고 부추겼으나 시대가 바뀌니 철거하라고 독려하고 있다.
오래된 가게 중에는 기와를 얹은 집도 제법 있는데, 대부분 전통 기와가
아닌 시멘트 기와다. 전통 한옥 지붕은 서까래를 걸고 송판이나 피죽을

깐 뒤 흙을 덮고 기와를 얹는데, 흙은 곡선을 만드는 역할도 하지만
단열 효과도 있다. 전통 기와는 암키와와 수키와를 따로 모양 잡아
흙으로 굽는데 지붕에 얹으면 평당 무게가 대략 600킬로그램이 나갈
정도니 굉장한 무게다. 한옥은 골조를 세울 때 못을 쓰지 않고 끌로
구멍을 파서 나무와 나무를 끼워 맞춘다. 이때 지붕에서 내리누르는
무게가 더해져야 더욱 견고해진다. 오랜 세월 풍파 속에서도 건재한
한옥의 힘이다. 근대 들어서는 전통 기와의 무게를 감당할 수 있는
단단한 골조를 만들려면 상당한 건축비가 들기 때문에 한옥 건축
방식도 바뀌고 기와도 달라졌다. 시멘트로 만든 기와를 사용하거나
흙으로 만들더라도 암키와와 수키와가 하나로 결합한 '일체형 기와'를
올린다. 시멘트 기와는 일체형 기와로 전통 기와에 비해 훨씬 가볍고
저렴하다. 지붕의 골조를 세울 때 어느 정도 곡선을 만들고 황토와
짚을 이긴 축구공 크기의 흙덩이를 기왓장 아래 붙여 지붕에 얹으면서
세밀한 곡선을 만드는데 와공의 연륜과 기술에 따라서 지붕의 곡선이
많이 달라질 수 있다. 간혹 전통 기와지붕을 그대로 간직한 가게를
만날 때가 있는데 그렇게 반가울 수가 없다.

지붕이 높은 목조주택인 일본식 가옥, 적산 가옥도 가끔 만난다.
세월이 흘러 적산 가옥은 대부분 훼손되었으나 부산이나 군산, 진해
등의 도시에는 남아 있는 곳이 제법 된다. 또 도시 골목에 있는 오래된
가게는 옥탑이나 옥상이 있는 양옥집 형태가 많다. 어릴 적엔 양옥집
사는 친구가 몹시 부러웠다. 슈퍼를 하는 집 친구는 그중에서도 단연
으뜸이었다. 세상이 변해 지금 아이들은 또 다를 것이다.

건축은 시대를 반영한다. 내가 말하는 건축은 그 시대에 살았던
대다수 사람들의 삶의 터전인 집과 공간이다. 과거의 터전이 낡고
오래되었다고 스스로의 터를 죄의식 없이 갈아엎고 부순다면 진짜
사라지는 것은 우리의 과거요, 추억이요, 고향이요, 자아일 수 있다.
반세기 동안 근대화와 발전이라는 미명 아래 낡고 오래된 옛것을
우리의 삶에서 지우고 감추었다. 물론 어떤 면에서는 이전보다
따뜻하고 배부른 물질적 풍요를 누리게 되었을 것이다. 그렇지만
잃어버린 소중한 가치도 많다. 무분별한 개발보다는 복원과 보존으로
우리 삶의 근본과 맥락을 찾아야 할 때다. 더 늦기 전에.

만세상회 부분, 2007
퇴촌 관음리 가게 부분, 1998
하팔상회 부분, 2001
곡성교통죽정정유소 부분, 2008

작업의 여정

날카로운 펜 선의 기나긴 여정이
만들어 내는 내 그림에
일필휘지一筆揮之란 뜬구름 같은
먼 이야기일 뿐이다.

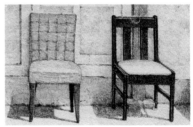

봄날가게

100×100cm

2016

오래된 길 위에서

구멍가게를 그리기 시작하고 무언가
나를 이끄는 인력을 느낄 때가 있다.
늦여름 어느 날, 떠도는 발길이
춘천을 지나 홍천 역전평리를 거쳐
집으로 향하던 중이었다. 구불구불
인적 드문 야트막한 산 고개를
넘어 완만한 모퉁이를 돌자 그곳에
기다렸단 듯이 대곡상회가 있었다.
두근두근 두두두 심장 박동이
빨라졌다.

해남 두륜산에서

구멍가게를 찾아 남도 지역으로 향했을 때였다. 해남 대흥사 대웅전
앞에 다다라 잠시 숨 돌리다 이런 쪽지를 보았다.

> 得之本有 失之本無 득지본유 실지본무
> 얻었다고 하나 본래 있었던 것이고, 잃었다고 하나 원래 없었던
> 것이다.

여러 해 전국을 돌며 어렵사리 수집한 구멍가게 자료가 컴퓨터에서
없어져 버렸다. 누굴 원망할 수도 없는 내 불찰이다. 사진을 모두
현상이라도 해 놓았더라면 좋았을 텐데 잘 다루지도 못하는 컴퓨터를
너무 믿었다. 그 어처구니없는 실수를 만회하려 허둥지둥 그때의
발자취를 거슬러 가게를 찾아다니느라 마음이 조급했는데, 쪽지에
적힌 글을 보고는 그 분주한 마음을 조용히 내려 놓았다.

두륜산 북일에서

60×73cm

2013

만세상회

43번 국도와 37번 국도가 만나는 포천 만세리 로터리에 만세상회가
있다. 독특한 구조의 높고 넓은 자주색 양철지붕을 가진 인상적인
구멍가게다. 새로 도로를 만들 때 가게보다 높이 길을 내는 바람에
길 건너편에서는 옆쪽 지붕 반만 겨우 보일 정도로 낮게 앉아 있는
인상이지만 정면에 서면 위풍당당한 풍채를 볼 수 있다. 방앗간 옆에
가게가 붙어 있어 높은 천정이 돋보인다. 널따란 공간에 칸을 나누어
한쪽은 가게로 사용하고 뒤편은 살림집으로 활용했다. 독특한 지명
덕에 가게 이름도 재미있다.

만세상회

100×76cm

2007

해룡상회

전남 순천에서 여수로 가는 길목에 자리한 해룡마을에는 커다란 버드나무가 눈에 띄는 가게가 있다. 기다란 점방 옆에는 작은 이발소도 딸려 있다. 가게 옆 미닫이문을 열고 들어서자 코끝을 찌르는 시큼한 막걸리 냄새. 가게 안 양철 테이블에는 변변한 안주도 없이 잔술이 놓여 있었다. 둘러앉아 낮술 하는 서너 명의 사람들, 볕에 그은 얼굴이 심히 발그레하다.

해룡상회는 중년의 여주인 말에 따르면 60년쯤 된 점방이었다. 주인이 네 번 바뀌었고 그가 가게를 인수한 건 6년 정도 되었다고 했다. 연로한 마을 토박이 어르신은 한국전쟁 전에도 있던 가게라고 말씀하셨다. 시간이 흘러 버드나무는 아름드리 고목이 되어 처마를 밀치고, 주인도 손님도 숱하게 바뀌고, 세상도 변했지만 해룡상회 간판은 아직 건재하다.

해룡상회

80×100cm

2009

하팔상회

처음 가게를 그리기 시작할 무렵인 2000년 초만 해도 40년 이상
된 가게를 종종 볼 수 있었다. 나무로 된 미닫이문, 이끼 낀 빛바랜
붉은빛의 기와지붕, 나무로 된 낡은 장식장 등 시간의 흐름을 오롯이
간직한 진한 생활의 공간을 어렵지 않게 만날 수 있었다. 그 자체로
아름다운 이야기를 속삭였다.

하팔상회가 딱 그런 곳, 그래서 더욱 기억에 남는 곳이다. 기억을
잊을 수 없어 시간이 제법 지난 후 다시 하팔상회를 찾았다. 그 사이
도로 확장이 있었고, 경의중앙선 팔당역이 연결되면서 위풍당당하던
하팔상회는 찾는 이가 끊겼고, 철빔이 기와를 가로질러 간신히 버티고
선 모습으로 바뀌어 있었다. 그때의 충격은 아직도 가슴 한편에
생채기로 남아 있다.

하팔상회

101×44cm

2001

청송수퍼

문경새재를 지나 안동호 주변을 거닐다 어둑어둑한 초저녁에야
청송에 도착했다. 드라마 '모래시계'에 나오는 삼청교육대와
청송보호감호소가 떠오르는 곳으로 어둠이 검은 얼룩처럼 나그네의
어깨 위로 내려앉았다. 인적 드문 마을 외곽을 돌다 줄행랑치듯
차머리를 바다가 있는 포항으로 돌렸다. 밤이 깊어지고 부슬부슬
겨울비도 내려서 체념하고 숙소를 찾아 나섰다가 '청송수퍼'를 만났다.
그리고 그 자리에 얼어붙은 듯 멈춰 섰다.

철길 옆 도로 양쪽에 서 있는 가로등은 콘크리트 바닥을 감시하듯
비추고 떨어지는 빗물은 불빛을 만나 흩날리는 모습을 고스란히
들켰다. 짙은 감청색 하늘과 검은 산, 그 앞의 남루한 인디고블루
지붕이 어우러진 모습은 겹겹의 슬픔의 장벽처럼 다가왔다. 가게
가운데 자리한 문은 한겨울임에도 '냉방 중'이라는 팻말을 달고 이중
삼중으로 굳게 닫혀 있었다.

구조 또한 복잡해 보였다. 가게 오른쪽에는 냉장식품을 진열해
두었는데 형광등 불빛 아래 층층이 늘어선 모습은 생명력을 잃고

창백했다. 망사에 담아 꽁꽁 묶어 둔 양파, 날짜를 알 수 없는 신문에 돌돌 말아 둔 대파, 새끼줄에 묶여 매달려 있는 노가리, 알몸으로 벗겨 줄 맞춰 세워 둔 배추, 정체를 알 수 없는 액체를 하얀 병에 담아 일정한 구역에 암호처럼 배치해 두었다. 투명 비닐에 쌓인 상자는 폭포의 거센 물줄기를 이겨내는 이끼 낀 바윗돌처럼 앉아 있었고, 그 옆 박스 안 물건들은 차곡차곡 쌓여 누군가의 명령을 기다리고 있는 것 같았다. 그 와중에 오색 파라솔 아래 과일들은 작은 희망처럼 온기를 품고 붉게 빛났다. 힘없이 놓인 앉은뱅이저울은 제대로 된 측정을 거부하는 듯한 모습이었고, 간판 아래 녹색 천막은 이 모든 광경을 뒤덮어 버릴 듯한 기세였다.

비 오는 겨울 밤 마주한 청송수퍼는 서슬 퍼런 1980년대 시대상을 한눈에 가늠케 하는 슬픈 역사의 한 장면 같았다.

청송수퍼

140×70cm

2008

손글씨 간판

함석판 위에 무심히 써 내린 검은 먹글씨. 생채기 난 자리에 녹이 슬고,
드문드문 떨어져 나간 표피 아래 켜켜이 쌓인 세월의 지층. 무명의 삶,
무명의 글씨, 무명의 화가. 붉던 가슴은 하얀 목련으로 피어오르고
그림도 글씨도 제 주인의 향기를 품는다.

청수상회

73×60cm

2014

신의상회
59.5×73cm
2015

풍년슈퍼
35×35cm
2016

해성상회

53×27cm

2015

대곡상회 앞에서

구멍가게를 그리기 시작하고 무언가 나를 이끄는 인력을 느낄 때가
있다. 늦여름 어느 날, 떠도는 발길이 춘천을 지나 홍천 역전평리를
거쳐 집으로 향하던 중이었다. 구불구불 인적 드문 야트막한 산 고개를
넘어 완만한 모퉁이를 돌자 그곳에 기다렸단 듯이 대곡상회가 있었다.
두근두근 두두두 심장 박동이 빨라졌다.

1970년 이후 이곳의 시계추가 멈춰 섰나 보다. '간첩신고 113' 옛
푯말이 그대로 걸려 있고 좁고 길쭉한 툇마루 옆 두어 계단 위의 작은
나무 미닫이문은 옥빛 페인트가 반쯤 벗겨졌다. 길 건너편에는 커다란
밀짚모자를 눌러 쓰고 광주리에 고추, 호박, 가지, 푸성귀를 한아름
따 가지고 오는 아주머니가 보였다. 잰걸음으로 길을 건너 가게 옆
은행나무 아래 수돗가에 광주리를 내려놓으셨다. 60대 후반쯤의
푸근한 인상의 아주머니는 "뭘 사시게?" 한마디 선선히 던지셨다.
문틀이 낮고 작아 머리가 닿을까 봐 허리를 숙여 들어섰다. 아기자기한
옛날 물건과 새로이 들여놓은 요즘 물건이 어우러져 쌓인 모습은

사랑스럽기까지 했다. 오래된 부모님의 가게를 남동생이 물려받아
운영했는데 동생 내외가 불의의 교통사고로 갑자기 세상을 떠나는
바람에 셋이나 되는 어린 조카들을 키워야만 했고 가게도 맡아 하게
되었다고 했다. 조카들은 이젠 다들 장성해 결혼도 하고 학교도 다녀
이곳을 떠났지만 주인아주머니는 그 자리를 여전히 지키고 있었다.
"예전엔 그래도 이 길을 지나는 차들이 제법 돼서 손님이 있었지. 근데
다른 길들이 생겨서 이젠 손님도 뜸하고…… 가끔 막걸리 사러 오는
동네 분들이 있긴 한데 이젠 그만둬야지, 뭐."

이미 경제적 기능을 할 수 없는 가게를 앞으로도 계속 이어가길
바란다면 그건 내 욕심일 것이다. 그러나 이렇게 지난날의 외형을
오롯이 간직해 온 가게가 사라진다는 건 여러모로 안타깝고
마음 아픈 일이다.
한참 스케치도 하고 사진도 충분히 찍었지만 밤이 올 때까지 또
기다렸다. 낮과 밤, 어떤 것들은 그 짧은 시간의 간격 이상으로 확연히
다른 모습을 보여주기 때문이다. 산등성이 선 따라 스며든 살구빛이
푸르던 하늘을 보랏빛으로 서서히 물들였다. 이내 점점의 불빛이
밤 하늘 별이 떨어지는 것 마냥 빛을 냈다. 어둠 속의 가게 모습까지
찬찬히 마음속에 담아낸 후 막걸리 두 병을 사들고 나오면서 다시
오겠다는 인사를 거듭 건넸다. 적막한 산길의 밤이 깊어 가고 전봇대에
매달린 가로등은 나를 피안의 길로 인도하는 듯했다.

대곡리 가게에서

110×90cm

2014

대곡리에서

53×45cm

2013

장자상회

장자의 호접몽胡蝶夢은 나비의 꿈 이야기다. 장자가 꿈에 나비가 되어
즐겁게 노닐다 보니 자신이 장자임을 알지 못하다가 꿈을 깨어 보니
분명 장자였다. 나비와 장자의 구별은 확실한데 나비가 장자의 꿈을 꾼
것인지 장자가 나비의 꿈을 꾼 것인지 알 수 없었다. 이렇듯 알 수 없는
상태의 물성 변화는 주변에도 늘 있다.

수동면 송천리 낮은 계곡 아래 장자상회가 자리하고 있다. 2002년
처음 그곳을 찾았을 땐 좁은 길목에 커다란 은행나무와 전봇대가
턱 버티고 서서 한눈에 구멍가게 전체 모습을 제대로 담을 수 없어
아쉬웠다. 소박하지만 바위에 그려 놓은 그림처럼 단단하고 아름다운
모습이었다.
한여름 무더위 속에 아저씨 두 분이 가게 앞 의자에 앉아 이야기를
나누고 있는데 슬리퍼와 반바지 차림의 사내가 가게 안으로 들어갔다.
더운 여름날 나무 그늘 아래 시간은 한가롭고 느리고 더디게 흘러갔다.
그리고 몇 년 후 그곳을 다시 찾았다. 기품 있던 장자상회는 장자가

살았던 그 먼 시절이 떠오를 만큼 뿌연 흙먼지와 잡초로 뒤덮인
모습으로 급속히 낡아 있었다. 한때 가게 앞이 버스 정류장이었다는
걸 알려주는 버스 시간표와 뿌옇게 변한 투명 유리창에 붙어 있는
장자상회 네 글자만이 조용히 그 자리를 지키고 있었다. 자물쇠로
단단히 잠긴 미닫이문 너머로 가게 안을 들여다보니 텅 비었다.
덩그러니 빈 허물처럼 남겨진 가게 앞에 쪼그려 앉아 가을 햇살을
한참 쬐었다. 노란 은행잎이 하늘하늘 춤을 추며 나비처럼 발끝에
자꾸 내려앉았다.

2013년 그곳을 다시 찾았을 때는 길이 넓어졌고 은행나무도 사라졌다.
집도 이미 부서져 허물어지기 직전이었다. 현재를 살아도 과거의
기억들이 날실과 씨실처럼 촘촘히 직조되어 있어 보이지 않는 그
너머로 우리의 의식이 날아가곤 한다. 우리는 모두 꿈을 꾸고 있는
중이다.

장자상회

66×42cm

2002

곡성교통죽정정유소

2007년 겨울에 처음으로 이 가게를 찾았었다. 사진 한 장 들고
나선 길이었는데 눈앞의 가게는 사진 속 모습과 달라져 있었다.
전통 기와지붕을 함석지붕으로 교체했고 가게 옆에 서 있던 커다란
우체통은 벽에 붙이는 작은 것으로 바뀌었으며 벽에 걸려 있던 커다란
시계는 자취를 감추었다.
곡성군 목사동면 죽정리 원정마을에 있는 이 가게는 70년
세월을 훌쩍 넘긴 아주 오래된 점방이다. 누군가 손수 먹으로
'곡성교통죽정정유소'라고 정갈하게 써 붙인 간판이 정겹다.
오랫동안 가게를 지켜 온 이태섭 할아버지는 찾아뵈었을 때 아흔
가까이 되셨는데 이제는 귀가 어두워져 여든 넘은 할머니가 가게를
맡아서 보셨다. 할머니는 열여덟 꽃다운 나이에 시집오셔서 60년을
이 점방에서 사셨다. 처음 문을 열었을 때는 '일신상회'라는 이름의
문구점이었는데 일본에서 직접 물건을 우편으로 받아 팔았다고 한다.
일본식 목조건물로 예전에는 2층에 이용원이 있었다.
세월이 흘러 곳곳에 마트가 들어서고 트럭 행상이 시골 골목을 샅샅이

훑고 다니면서 이젠 손님이 가뭄에 콩 나듯 온다고 말씀하셨다.
그렇다고 오랫동안 하던 일을 손에서 놓을 수 없어 언제 올지 모르는
손님을 기다리며 그림을 그리신단다. 아직도 소녀처럼 고운 할머니는
수줍어하시며 직접 그린 그림들을 보여주었다.
가게 안은 만물 백화점처럼 갖가지 물건이 가득했다. 언제 올지 모르는
손님을 위해서라도 이것저것 다 갖춰야 하는 게 점방 하는 사람의
도리라고 하셨다. 구석에 앉아 먼지 쌓이고 빛바랜 물건들은 저
자리에서 얼마를 기다리며 늙어버렸을까?

그곳에 다녀온 지 10년 가까운 시간이 흘렀다. 세상이 아무리 변해도
이 점방의 할머니 할아버지는 처음과 같은 맘으로 이로운 것만 팔고자
오늘도 손님을 기다리실 것만 같다.

곡성교통죽정정유소

150×80cm

2008

봉평상회

45×53cm

2016

한자리를 지키고 있는 존재에게 배운 것들

남해의봄날과 구멍가게에 대한 책을 내기로 하고 출판사가 있는
통영을 찾았다. 사무실이 있는 봉평동에는 벚꽃이 만발해 있었고
따스한 햇살까지 더해지자 한겨울 동안 움츠러들었던 몸과 맘이
녹아내렸다. 봉평상회를 비롯해 작은 구멍가게 몇 곳도 만날 수 있었다.
그 기운에 힘입어 아카시아 향 가득했던 5월부터 유달리 무더웠던 여름
내내 지난 시간들을 더듬더듬 풀어놓았다.

부초처럼 떠다니던 생각들을 끄집어내어 다소 서툰 단어들을 나열하며
어릴 적의 나와 가족, 그리고 인연을 맺어 온 여러 사람들을 다시
만날 수 있었다. 구멍가게를 찾아 헤매면서 마주쳤던 낯선 골목, 그때
그 시간의 향기, 바람, 풍경, 수많은 가게와 주인 어르신들의 얼굴이
떠올랐다. 그간 바쁘다고 미루어 둔 20년간의 작업들을 정리할 수 있는
행복한 시간이었고 그림 속 이야기를 맘껏 꺼내 놓을 수 있어 후련했다.
관음리 가게를 시작으로 그동안 그려 왔던 구멍가게 작업들은 잊고
있던 지난날의 그리움, 고향 생각, 동심, 정겨운 이야기 등 향수를 품게

한다. 그러나 점점 사라지는 구멍가게를 단지 추억의 대상으로만 바라보지는 않았으면 한다. 개발과 발전이라는 미명 아래 오늘도 우리 가까이 있는 무언가를 잃어버리고 사는 것은 아닐까, 주위를 둘러볼 수 있었으면 하는 바람이다.

오랜 세월 한자리를 지켜온 구멍가게와 주인 어르신을 만나면서 삶을 대하는 한결같은 모습을 보았고, 그로 인해 나 또한 조금씩 바뀌어 갔다. 빠르게 변화하는 시대에 '한 우물 파는 일'보다는 다양한 경험과 시도를 하는 것이 많은 이들이 말하는 성공적인 삶에 가까이 가는 방법일지도 모른다. 그러나 한 가지 일을 오랫동안 이어 온 삶에서는 감히 흉내낼 수 없는 연륜과 감동이 풍겨 온다. 지난 20여 년의 시간 동안 구멍가게 작업을 지속할 수 있도록 영감과 교훈을 주신 구멍가게 주인 어르신들께 감사 드리며 작업실 한쪽에서 든든히 지켜봐 주고 응원해 준 가족에게도 고맙고 사랑한다는 말을 전하고 싶다.

책의 출간을 앞둔 지금, 온 나라가 허탈감에 빠져 있다. 이 책이 묵묵히 삶을 이어가며 한자리를 지켜 왔던 사람들에게 조금이나마 위안이 될 수 있으면 좋겠다. ✸

2017년 1월에 이미경

증조할머니와 할머니,
그리고 시어머니가 쓰시던 옛 그릇,
여행을 다니며 사 모았던 그릇들이
한데 모여 담소를 나눕니다.
사연이 담긴 그릇과 접시, 찻주전자를
정성껏 닦아 곁에 품고 삽니다.
그렇게 어릴 적부터 간직했던 따뜻한 기억과 꿈,
구멍가게를 찾아 전국을 돌아다니며 맺었던
인연을 소중히 생각합니다.

인연120512

45×53cm

2015

구멍가게, 오늘도 문 열었습니다

〈동전 하나로도 행복했던 구멍가게의 날들〉로 독자의 많은 사랑과 함께
영국 BBC 등 국내외 여러 매체의 주목을 받았던 이미경 작가의 3년만의 신작.
전국 곳곳에 오늘도 문을 열고 있는 구멍가게를 찾아다니며 새로이 그린
섬세한 펜화와 한층 깊어진 글로 구멍가게와 그 주인의 이야기를 담아냈습니다.
이미경 그림과 글 23,000원

남해의봄날은 아름다운 남해안, 예술의 도시 통영에 자리하고 있습니다.
작지만 소중한 가치를 좇아 일과 삶의 새로운 대안을 찾아가는 사람들의
생생한 여정을 콘텐츠를 담는 가장 아름다운 그릇, 책으로 소통합니다.
www.namhaebomnal.com

남해의봄날 ◉

도서출판 남해의봄날 로컬북스 11
이웃한 도시라도 자세히 들여다보면 서로 다른 자연과 문화, 아름다움을 품고 있습니다.
독특한 개성을 간직한 크고 작은 도시의 매력, 그리고 지역에 애정을 갖고 뿌리내려 살아가는
사람들의 이야기를 남해의봄날이 하나씩 찾아내어 함께 나누겠습니다.

동전 하나로도 행복했던
구멍가게의 날들

초판 1쇄 펴낸날 2017년 2월 10일
　　24쇄 펴낸날 2024년 12월 1일

글, 그림	이미경
편집인	장혜원책임편집 박소희 천혜란
마케팅	조윤나 조용완
디자인	류지혜

종이와 인쇄	미래상상

펴낸이	정은영편집인
펴낸곳	(주)남해의봄날
	경남 통영시 봉수로 64-5
	전화 055-646-0512
	팩스 055-646-0513
	이메일 books@nambom.com
	페이스북 /namhaebomnal
	인스타그램 @namhaebomnal
	블로그 blog.naver.com/namhaebomnal

ISBN 979-11-85823-13-3 03810
ⓒ 이미경, 2017